놓고 싶지 않은 햇살

정해남 제5시집
놓고 싶지 않은 햇살

초판 인쇄 • 2024년 12월 17일
초판 발행 • 2024년 12월 20일

지은이 • 정해남
펴낸이 • 이채희
펴낸곳 • 참글문화
　　　　　등록 / 제300-2013-33호
　　　　　주소 / 서울특별시 종로구 종로54길 9-10
　　　　　전화 / 02-744-7434
　　　　　팩스 / 02-765-7418
　　　　　이메일 / chle4@daum.net

정가 13,000원

979-11-980341-5-1 (03810)

놓고 싶지 않은 햇살

산정 정해남 제5시집

참글문화

소곤소곤

제5집
〈놓고 싶지 않은 햇살〉 역시
쉽지 않은 일이지만
큰 결단과 용기를 냈습니다.

이래저래
누구나 말 못할 사연
품고 있듯
나 역시
안고 있는 보따리를 풀어
시린 눈물 닦으며
푸념이나 하려고 합니다.

부족하지만
조심스럽게 펼쳐 보렵니다.
많은 사랑 부탁드립니다.

2024. 12.

산정 정 해 남

차 례

나와 가족

나와 세상

나와 자연

나와 인물

10

나와 가족

선서

십자가 앞에서
나에게 다짐한다

추태부리지 말고
추하지 않게

나가자
나를 낮추고
나서지 말고
나대지 말고
나이 값 하고

뒷모습

잘 빗는다고 빗었는데
엉클어진 뒷머리
잘 입는다고 입었는데
허리띠에 엉킨 뒤태
잘 걷는다고 걸었는데
한쪽으로만 닳은 뒷굽

찬바람 속에서도 미소로 핀 벚꽃같이
푸념 없이 낮고 겸손한 채송화같이
곧고 푸른 대나무같이 살고 싶지만
오로지 타인에게만 열린
거부할 수 없는
부끄러운 모습
아 어쩌랴
돌아보며 살아야지

14

놓고 싶지 않은 햇살

고등학교를 못 가
학교 가는 벗들을 보고 울었지만
영광의 꽃다발
놓고 싶지 않은 햇살을 잡았다

아버지를 울타리 삼고
어머니의 우산으로
희망의 집 사다리
늦깎이 대학원까지 일군 후
문단과 화단에 입성하였다

놓지 않은 햇살은
넘어지지 않게
천둥번개 비바람을 막아준
든든한 동아줄이었다

가장 잘한 것은

만약 그대가 살아오면서
가장 잘한 것이 무엇이냐고 묻는다면

하나는
어릴 적에 세례를 받고
지금까지 성당 다니고 있는 것이며
또 하나는
대학원까지 마치고
지금도 책을 가까이 하는 것이라고
서슴없이 대답할 것이다

하늘 속에 책이 있고
책 속에 하늘이 있어
하늘은 튼실하게 키워주셨고
책은 앞장서 끌어줬기 때문이다

승리자가 되기 위해서

애니메이션 〈톰과 제리〉에서
매번 고양이를 골탕 먹이는 작은 생쥐나,
〈엘라〉전투에서
완전 중무장한 거구 골리앗을
돌멩이와 지팡이로 이긴 양치기 소년 다윗은
상대에 비해 한없는 약자였지만
약자가 아니라 승리자였다

나는
구멍 숭숭 뚫린
수수깡 울타리집에서
볼품없는 작은 신체로 자라
하다못해 백이라곤
파출소 순경 한 사람도 없었다

그러나 친절로
그러나 손발로
그러나 기도로
미래를 도전했다
승리자가 되기 위해서

엄마, 어머니

엄마~~!!
밥 한 숟갈에도 엄마...
사과 한 조각에도 어머니
무릎 파고들며 응석부리고 싶은 어머니

속상할 때
엄마한테 간다지만
나는 어디로 갈까

당신은 가셨지만 영원히
큰 우산이며
따뜻한 이불입니다

제1집 '별까지 걸어서'에서

이력서

제때 배우지 못한 한은
나에게 붙은
거북등처럼 딱딱한 옹이

밤샘 책 쓰고 그림 그려
어깨는 부항으로
늘 퍼렇게 멍들었고
실명될 것 같은 책 쓰기도
견뎌내며 출간도 했고
무릎 아파 절뚝거리면서도
임장활동은 멈추지 않았고
입술이 말라붙어도 친절과 열정으로
옹이를 벗겨내고자 했다

알아야 면장
면장하기 위해서

십 오륙 년 전 천주교 전국
성지순례시 함께한 나의 애마

아버지도 사람이셨습니다

아버지는
장기, 바둑을 좋아하지 않아서
여름 한낮
나무그늘에서 안 즐기시는 줄만 알았습니다
아버지는 계산을 못해서
비 오는 날
막걸리 내기 화투도 안 치시는 줄만 알았습니다
아버지는
새벽잠이 없어서
어두움 일찍 밭으로 나가시는 줄만 알았습니다
아버지는
항상 힘이 넘쳐서 당신 키 보다 높은
지게질을 쉽게 하시는 줄만 알았습니다
아버지는
무덤덤하고
눈물도 없으며
소원도 빌지 않으시는 줄만 알았습니다

누님 시집가는 날 밤 뒤안에서
혼자 몰래 물끄러미 달을 쳐다보며
소매 끝으로 눈물을 훔치셨습니다
아버지도 사람이셨습니다

아버지의 깃발

철없던 시절
아버지께서
뜨거운 여름날
담배밭에서 일하시다가 쓰러져
허망하게 멀리 강 건너 가셨다

짙은 갈색 담배진과
송이송이 노란 땀에 절어
너덜너덜해진 아버지의

메.
리.
야.
스.

이미 오랜 세월
가버린 지금도
전쟁터에서 혼자 살아남아
돌아온 병사의 찢어진 깃발처럼
애처로이 눈에 선하다

아, 어쩌랴
붉은 동백 같은 눈물로 기도할 뿐이다

해남이가 해남으로

나는 해녀처럼
바닷물을 가르는 해남(海男)이 아니다
해남이가 해남으로 장가들었다
내 이름이 해남(海南)이고
아내의 고향이 해남(海南)이다

복숭아처럼 발그레하고
풋풋했던 그 해남아가씨는
흘러버린 세월에 주름 골짜기를 이루고
쇳덩이도 씹었던 그 해남이는
깊은 뼛속 오장육부까지 아파 끙끙대고 있다

이제 무슨 재미일까
할배 해남이와 할매 해남아가씨는
서로 온몸에 덕지덕지 파스 붙이고
서산에 해떨어질 날만 기다리며 살아가고 있다
티격태격 하면서
하하 호호
행복을 누리며

거시기 하겠죠

아내가 청소를 하다가
혼잣말을 한다

앗따~! 징하구먼요 이넘의 책들
소파에도 책
침대에도 책
식탁에도 책
당신 죽으면 관속에다 넣어 줘야것소
울 천사며느리들이 시아부지
이렇게 책 끼고 사는 것 모르것소
뻔히 아는 디
혹시나 내가 먼저 죽게 되더라도
거시기 하겠죠

사람이고 여자다

아내 생일
옷을 사서 선물하면
좋단 말 못 들을 것 같고
비싼 생화로 하면 곧 시들 테니
조화를 살까

무난하게
현금이 좋겠다 하다가
결국 최고 최고의 선물
돈 그리고 꽃
5만 원짜리로 접어 만든
돈꽃바구니를 선물했다

백합 보다 환한 얼굴
솔솔 피어나는 미소를 보니
아내도 결국
현금 좋아하는 '사람'이고
꽃 좋아하는 '여자'다

아내가 수상하다

아무래도 수상하다!
팔팔하던 때는
음치 박치 인데도 박수치고 웃더니
이제는 아예 나에게 관심 1도 없다

어깨시술 날 잡아 놓고
금식하며 버티는데
제수의 친정아버지 부고를 받았다
몇 달 전 안사돈 선종시 문상했기에
이번에는 옆에 있어주길 바랐는데
결국 아내는 전라도 화순까지 문상 갔다

아픈 어깨로 혼자 끙끙대며 짐 챙겨
입원하러 집 나서는데
을씨년스럽게 비가 내려도
우산도 쓰지 못해
오는 비 그대로 다 맞아
아내가 더 야속하기만 했다

종일 집에 있던 어느 날
느지막이 돌아와서는

혀 짧은 코맹맹이로
"아잇쿠~! 우리 은총띠 짤 잇떠떠여?
마니 보고 싯퍼떠요"하면서
덥석 안아 뽀뽀하고
밥 주고 물 챙겨주면서도
나에겐 저녁 식사 어떻게 했느냐고
한 마디도 없다

무시하나 싶기도 하고
수상하다 했더니
강아지 저넘이 바로 연인이었구나

사랑은 움직이는 것이라지만
달빛 같던
옛날이 그립구나

남편 맞으셔요?

우유 배달 아주머니가 찾아와
집 호수가 헷갈린다면서
묻는다

"분홍 운동화에
머리 길고 검정색 옷, 사모님 맞나요?"
하기에
어? 우리 집사람이 그런가요? 되묻자
아주머니가
"남편 맞으셔요?"라며 다시 묻는다

머리에 힘주고 외출할 때와
슬리퍼 차림으로
편의점 갈 때가 달라
매번 잘 알기는 힘들지만
막상 기습 질문을 받고
아내에 대해 1도 모르고 있었으니
아~ 어떻게 해
나, 남편 맞나?

아내가 필요한 것은

화장품 떨어졌다고
두세 번 말했어도

들은 것도 아니고
안 들은 것도 아닌
그냥 그러는가 싶게

두루뭉술하게 넘기려다가
앗차 ~!
뒤늦게야
화장품판매원을 아내에게 보냈지만

정작
아내가 필요한 것은
화장품보다는
사랑이었고 관심이었다

잃어버린 반지

묵주반지가 굴러다닌다
손가락이 부어
못 끼운 지가 오래됐다고 했다

부운 것
어찌 손가락뿐이겠는가
물정에 둔한 선비 같은 남편
유달리 영특한 시어머니에
억센 세 아들 키우느라
다리도 붓고
심장도 부었을 것이다

젊었을 적 한때는
대장금 이영애보다 예뻤는데
그 고왔던 몸이 쭈글쭈글해져버린 지금
내가 해야 하는 일은
반지를 새로 맞춰주고
빗자루도 잡고
세탁기도 돌려야겠다

금빛 추억들

산전수전 지나고 보니
뭐니 뭐니 해도
다 나의 사랑하는 주변인이 좋더라
아내 모니카를 만나던
그곳 그 자리 그 설레던
그 시간 그 기억 그 푸르르한 떨림
어린 아이들과 손잡고 즐기던 고향 목포
그날 그 바다 그 출렁이던 그 물결
아들 며느리 손자들과 함께한 그 날들
아름다운 벗들과 바라 본
그때 그 하늘 그 파란 빛
오랜 지남에도 생생하게
아름다운 왕관을 쓰고 있다

오오
잊혀 지지 않는 금빛 추억들
놓고 싶지 않은 햇살들이다
앞으로도 좋은 시간
항상 좋은 일만 있어라
부디 좋은 일만 있어라

손녀는 큰 스승

초등 1년 손녀가
신발장에서 신발을 꺼내
정중하게 앞에 놓아주고
이어 차를 타려는데
조심스럽게 차문까지 열어줬다

나는 이날까지 아내는 물론
남의 신발을 앞에 놓아주거나
차문을 열어주며 조심히 타시라고
해 본 적이 거의 없다

아주 기분 좋은
매우 부끄러움

하찮은 길섶의 여린 풀잎도
흔하게 널브러진 자갈들도
어린 손녀처럼 큰 스승이겠구나

열대야의 걱정

꿈인가 생시인가
불면에 시달리며
열대야의 긴 밤
취기에 거실 바닥에 잤다

매미 우는 소리도 들리고
옆집인지 아래층인지
수런수런 구분 못할
웅성거리는 소리도 들린다

귀의 이상을 걱정했다
나이 드니
이제 귓병까지 얻었구나 싶은 아침

고운 햇살 속
청량한 새소리가 들린다
괜한 걱정
그만 멀리 가라
고운 하늘 소리만 듣고 싶다

영광스러운 발들

높고 가파르며
눈이 내려 미끌미끌한 언덕길 임장활동
2만 보를 오르내린 발바닥
뜨거운 화덕에 덴 것처럼 화끈화끈하다

존경합니다
지나온 걸음걸음
영광의 꽃을 심으신 분들 발
새벽부터 밤늦도록 논밭 일구신 아버지의 발
한국 마라톤의 자랑 황영조 이봉주 선수의 발
얼음판 위의 예술가 김연아 선수의 발
아 그리고,
그리고 사랑과
가난한 이의 어머니 마더 데레사 성녀의 발

정중한 경의를 표합니다
이 위대하신 분들
만분의 일
천분의 일이라도 본받고자
결국 해냈다
그래 내 발도 고생했다
토닥토닥

나이 탓

짬뽕을 먹었다
네 맛도 내 맛도 없었지만
같이 먹는 사람들과
식당주의 체면에
그냥 꾸역꾸역 집어넣었다

청춘 한때
쇠붙이도 먹어 삼킬 것 같은 식욕
어디로 갔을까
화들짝
세월 가는 소리가
코스모스 피는 소리보다
더 크게 들린다

다 나이 탓 아니겠는가
비 오겠다
빨래 걷어야겠다

상처

미사 중
설 때는 앉고 앉을 땐 서고
나 혼자 엇박자
두 쪽 난 삶의 파편들
잊고 싶은 분심들로 흔들린다

옷에 묻은 얼룩들
억센 브러시로 문질러도
잘 지워지지 않듯

깊이 박힌 상처
오랜 세월에도 지워지지 않아
기도가 많이 필요한 날이구나

무너진 신조

오늘은
언행을 절제하는 것이 좋겠다는
별명 '사이비 점쟁이' 친구
톡이 있던 날

종일 조심조심 보내다가
퇴근준비 하는데
벗으로부터 전화가 왔다

어차피 내일 만나기로 했으니
만나서 물어보면 될 것을
지금 확인할 수 없는 것들을
"왜? 꼬치꼬치 묻는냐"고
버럭 짜증내고 말았다

오 이러면
아홉 번 참다가 순간 화를 냈는데도
아홉 번 벼르다가 화를 낸 줄 알겠다

화 내지 않기
아 어쩌다가 무너진 나의 신조여

똑똑한 바보

바쁜 출근길
청소차 옆으로 지나가다가
음식물쓰레기 세례를 받았다
코를 찌르는 악취며 꼴이 말이 아니다
큰 죄인인 양 쩔쩔매는 그들에게
평온하게 그저 됐다고
툴툴 털고
황급히 뛰어 출근했다

내가 좀 똑똑한 바보라
이런 난감한 꼴에도
전혀 화가 나지 않았다

살면서 잊고 싶은 일들도 많다
그러기에 하느님께서는
'이해'라는 것도 주시고
'배려'라는 것도 주셨나 보다

사랑은
성을 내지 않는다(1고린토 13,5)

복권이 당첨되면

꽃돼지삼겹살집 점포를
중개 의뢰 받은 날 밤
새끼돼지 열두 마리가
어미젖을 물고 있는 꿈을 꿨다

우아 내가 1등?
꿈이냐 생시냐
우선 노모를 모시고 어린 세 아들과
능력 없는 남편에
없는 집에 시집와 고생한
아내에게 한 뭉치 떼어주고
예쁜 천사며느리들에게도
집 한 채 값은 떼어 줘야겠지

나도 돈 없어 많은 서러움 겪었으니
불우이웃돕기는 통 크게 써야겠고
따뜻한 봄 날 잡아
장인 장모님
햇볕 잘 드는 곳에 터 잡아 이장도 해드리고
오랜만에 벗들에게도
허리띠 풀고 실컷 먹을 수 있게
최고급 한우로 파티를 열어줘야겠다

이제 돈도 좀 있으니 빨리 죽기는 싫다
좋은 보양식 먹으며
9988234
팔팔하게 살 수 있도록
열심히 산에도 다녀야겠다

아내가 엉덩이를 친다.
성당 갈 시간이라고
어서 일어나란다

몇 십억 만져봤으니까
꿈이라도 좋다

아니
헛꿈이라서 천만다행이다
현실이었다면
절제력 잃고 패가망신
지금의 나는 없을 것 같다

꽃 그리는 날

돌아보면
왜 그리 어려웠던가

어둔 과거 지우고
바람 부는 날에도
더 이상 젖지 말자고

수채화 물감을 푼다
슬픔도 향기롭게
괴로움도 달달하게

하얀 종이 위에
빨강 보라 노랑꽃 되어
향기롭게 살자고
꽃을 그린다

* 시지프스의 돌 : 언덕 정상에 이르면 바로 굴러 떨어지는 무거운 돌을
계속하여 정상까지 올려야 하는 형벌의 돌

잠잠해져라

초라한 과거를 지우고
돼지목살에 한잔했다
엎어지면서 얻은 이력에 대한
칭찬을 받으면서
달달하게

지난 날 힘들어
지푸라기라도 던져주는 응원을 바랄 때
박수는커녕 무시하며
시기 질투도 하더니 말이다

짐은 빨리 내려놓을수록 좋겠다
오랫동안 짓눌린
잔혹한 형벌 시지프스의 돌*이여
이제 그만
잠잠해져라 고요히 하여라(마르4.39)

더 새로운 마음,
따뜻한 눈으로 바라봐야겠다
내가 먼저 손 내밀어야겠다

유언

나 죽거든

뒤뚱뒤뚱 오리처럼 살았지만
그래도 바르게 살려고 했으니
살아생전 열심히
그냥 잘 살았다고 해 주시오

붉은 동백 같은 눈물
남몰래 훔치며 살았지만
그래도 뜨겁게 잘 사노라 살았으니
아주 잘 살았다고 해 주시오

흔들흔들
가슴 철렁거리면서도
올곧게 바르게
그냥 잘 사노라 잘 살았다고 해 주시오

회한도 미련도 없이
모든 걸 내려놓고 가니
잘 살았다고
기도 많이 해 주세요

굼벵이 (아들에게 보내는 편지1)

다들 서둘러야 한다고 할 때도
자기만의 독특한 재주로
먼 훗날 그늘에 앉아 노래할
자기의 새 세상을 꿈꾼다

빠른 세상이지만
뒤쳐졌다고 조급해 하지 말고
때로는 적당히 쉼표를 즐겨라

각진 박재를 탈피하여
빠른 듯 느리게
느린 뜻 빠르게

한눈팔지 말고 꾸준히 하라
게으름은 한여름에 옷 벗듯
저 멀리 훌랑 벗어던져라

달팽이 (아들에게 보내는 편지2)

달팽이 꿈을 꾸면
기다리던 일이 이루어진단다
아들, 네가 이룰 세상
달팽이가 바다를 건너 듯
결코 우연한 일이 아니라
땀으로 이루었다고 말하라

세상일 하고자 하면 와우각상*이다
와려*라 할지라도
달팽이눈*은 되지 마라

아무리 힘들어도
산더미만한 집채를
등에 메고 살아가는 달팽이만 하겠느냐

* 蝸牛角上 : 세상이 좁음
* 蝸廬 : 초라한 집.
* 달팽이눈 : 핀잔을 받아
  기운을 펴지 못함

허수아비 (아들에게 보내는 편지3)

보아라
풍성한 가을 들판 지킴
말없이 말한다

그저 흔들흔들 하는 것 같지만
다 내려놓고
제 할 일도 바쁜데
닷곱에 참녜 서 홉에 참견*하며
고추 먹은 소리* 안 한다

제 자리에서
뚜렷한
제 가치와 사명으로
찾아오는 친구들을 맞는 것이다
남이야 알아주든 말든

보이지 않게
콩콩거리는 가슴으로

* 닷곱에 참녜 서홉에 참견 : 쓸데없이 남의 일에 간섭하는 것
* 고추 먹은 소리 : 못마땅하게 여겨 쓸쓸해 하는 것

게 (아들에게 보내는 편지4)

아는 것도 중요하지만
실천은 인생의 큰길이 된다
어영부영하다가는 어느 순간
마파람에 게 눈 감추고 구럭까지 잃는다

나는 '바담 풍(風)' 해도
너는 '바람 풍(風)'이라고
정작 본인은 게걸음 옆으로 걸으면서
남에게 "똑바로 걸으라"고 하는 것은
설득력 떨어지는
눈물 나게 하는 일이다

시간에 대고 맹세하라
습관은 운명이 된다 아들아
핸들을 바로 잡아라

국화 (아들에게 보내는 편지5)

겨울이 없다면
어떻게 포옹의 따뜻함을 알며
무엇으로 기쁨을 얻겠는가

아무리 노력해도 선뜻
좋은 결과가 나오지 않는다고
좌절하지 마라
모든 일은 끝나야 끝나는 것

다들, 봄, 여름
일찍이 피우고 시들 무렵
느지막이 등장하는 멋스런 주인공
된서리에 그 고고함
눈을 맞으며 피어 있다
아름답지 않느냐?
보아라, 개선장군을

아들에게 보내는 편지(1-5)
제2집 '그대는 꽃이다' 중에서

나와 세상

멸치볶음 레시피

중학교 후배가
마른 멸치를 선물로 보내왔다
마치 해맑고 심성 고운 그를 닮은 듯
맑고 푸른빛이 신선하여
날 것으로 먹어도 아주 맛있다
이걸 몇 봉지로 나눠 보관하고
나머지는 볶는다

감사를 넣고
기쁨을 넣고
미소를 넣고
행복을 넣고
사랑을 넣고

심장 뛰게 살자

싱싱한 삶은
계산하는 것이 아니다

녹슨 자물쇠 같은 생각을 열어
신선한 새 바람을 넣어
지지고 볶아 요리도 하고

청춘으로 돌아가
새우깡 먹으면서 영화도 관람하고

쭉쭉 뻗은 자작나무 숲을 찾아
헛기침 같은 고독도 배우고

오솔길 보드라운 바람을 안고
사랑의 노래도 부르면서
언제나 신나는 청춘
심장 뛰게 살자

선긋기

외로운 섬 깊은 산중
혼자 이슬만 먹고 살 수는 없고
부딪치며 사는 세상

모든 사람들에게
좋다는 말 다 못 듣고
어차피
*오른뺨을 치거든
다른 뺨마저 돌려 대어주지 못할 바엔

냉철하게 각 하나 세워
적당한 선긋기로
적당히 멀리 둬두기 할 사람 거리 둬
맞서지 말고
차라리
사랑하고 좋아하는 사람에게
더 많은 사랑을 주고 싶다

* (마태 5,39)

포차의 별미

옆 테이블에서 횡설수설
주인에게 자꾸 시비를 걸어
한순간 왁자지껄

겨우 주정꾼을 내보내고
깊은 한숨을 내쉬면서
참는 것이
인생 맛이요
우리 포차의 별미라는
내공 깊은 포차주인

한 수 배웠습니다
그대는 꽃입니다

씨 뿌려 놓으면

모두 다
어찌 멋진 사람만 있으랴만

박수 받고 싶은 좋은 일에
애써 모른 척
시치미 떼고 시큰둥하더라

아픈 고민 털어놨더니
약점이 돼 돌아오고
기쁨 나누려니
시기 질투오더라

괘념 말고
묵묵히 씨 뿌려 놓으면
언젠간 꽃 피고
탐스런 열매 맺겠지

행복전도사

새내기 물리치료사가 왔다
모든 게 어설펐지만
"괜찮아요 좋아요"라고 했더니
표정이 밝아지며 안도의 한숨을 쉰다

"엄마 나 예쁜 딸 ○○이야.
오늘 나한테 아주 친절하고 잘하데요
잘 키워줘서 고마워
엄마 사랑해" 라고

첫 출근 소감
전화하기 숙제를 내주고
기분은 내가 더 좋다
오우 예~! 해피바이러스
멀리멀리 퍼져라

행복한 꽃

좁은 도로를 마주하고
한국말이 서투른 베트남인과
말과 몸이 부자연스러운 분이 살고 있다

베트남인이 몸 불편하신 분의
휠체어를 밀고
종종 언덕길을 오르내리며
환하게 마주 보고 웃는다

몸짓과 몸짓은 다만 몸짓이요
소리와 소리는 그저 소리일 뿐
철조망 같은 경계를 풀고
행복한 꽃을 심었구나
이 아름다운 미소 오래 담아둬야겠다

미용실 앞에서

늘 방긋방긋
불우이웃돕기 미용봉사도 많이 하시는
따뜻한 원장

미용실 앞을 지나는데
닫힌 문 앞에 놓인 화초가
강한 땡볕에 말라가고 있다

웬일일까 알아보니
입원 중이시란다

물을 얻어다 주면서
"회복하여라"
"싱싱해져라"
화살기도
쾌유를 빌었다

효자

어버이날 하루 이틀 지나
친구가 밥을 산다기에 만나

"용돈 많이 받았구나," 하니
　　·
　　·

"손만 안 벌리면 됐지"

　　·
　　·

그렇죠
그러면 큰 효자죠

잠시 멀리하고

벗들을 잠시 멀리하라

'지혜롭지 않은 사람과
어울리기에는
인생이 너무 짧다'고 하는 말이 있다

친구가 재산이지만
다 친구는 아니다

겨울에 움츠렸다가 다시
봄에 기지개를 켜는 것같이
고드름을 단 빨래가
햇살을 잡고 고실고실 마르는 것같이
비바람 추웠던 까만 밤의 별이
다시 반짝이는 것같이

놀렸다가 가꾼 밭의 열매가
더 탐스럽듯
때로는 잠시 멀리하는 것도 좋다

누가 도둑인가

서점에 들어가서 책 고르는데
옆에서 힐끔힐끔 자꾸 쳐다보기에
"아가씨 아버지는
책 도둑인가 보죠?" 하고
가방을 열어 보이니
급~! 줄행랑이다

쏟아지는 고운 햇살
잔잔한 그리움을 주는 강
살랑살랑 선선한 바람
영롱한 아침 이슬
코끝 자극하는 들꽃들의 향이
전부 다 공짜인데

잘못 짚었어요 아가씨
이것을 감사할 줄 모르는 사람이
도.둑.이.죠.

'김민지 作'

오늘이 꽃이다

드넓은 세상 살다 보면
홀로 젖을 때가 많아
세찬 바람 언덕에 있다고
움츠린 어깨는 그대답지 않아

좀 부족해도 괜찮아
누구나 실수는 있어

하늘을 봐
세상이 싫다고 이불을 뒤집어써도
해 뜬 오늘이 좋다
험한 파도도 나를 꺾지 못해

오늘 잘할 거야
오늘이 꽃이야
오늘이 좋아

제3집 '오늘이 꽃이다 2'에서

그렇게 살아가고 있어

금리에 울고
부동산에 울고
물가에 울고

어떻게 살까
하늘이 노랗다

그렇다고 세상 탓하며
술에 코 박고
눈물만 흘리고 있을 수 없잖아

바람 불면 부는 대로
비 오면 오는 대로
악착같이 소매 걷어붙이고
다들
그렇게 살아가고 있는데

울지 말자
내일이 있는데
곧 해가 뜨겠지

'김민지 作'

너를 찾아라

갖가지 추태로 아내와 이혼하고
자녀들과도 개처럼 물고 뜯고
밥 먹듯 경찰서를 왔다 갔다 하는 사람이
'개를 찾는다'는
전단지를 만들어 달라고 찾아왔다

강아지를
키우는 정성과 애정을
가족에게 쏟지 않고
그 열정 엉뚱한데 발산하며
그 모양 그 꼴
추접스럽게 사는가 싶은 사람

"에라잇~ 속으로 이런!
너를 먼저 찾고
너의 가족을 찾고
개를 찾으라"며 외쳤다

그대는 포효해 봤는가?
파도야 어쩌란 말인가?

질문

다 가질 수 없고
다 받을 수 없지만

그대는
시린 코끝, 메마른 허공
날카로운 발톱으로 깡통 걷어차며
포효해 본 적이 있는가

이 외로운
이 슬픈
이 긴 기도
나는 누구냐고

알곡인가
쭉정이인가

어떻게 하다보니

강남에서 살며
외국을 친정집 드나들 듯 했다는
혼자 사는 아주머니

어떻게 하다 보니
피붙이 하나 뿐인
오라버니도 혼자되어
같이 살게 되었는데

어떻게 하다 보니
낙숫물 떨어지는 처마 밑에서도
우산도 없이
훌쩍거리고 있었던
그 아주머니가

어떻게 하다보니
그 오라버니 장례식을 치르고
이제 세상을 혼자
이겨가야 한다는
외로운 시간이었을 것이다

어떻게 하다보니

가로수

산다는 것은
눈 감고 귀 막고
입 봉하고 사는 게
편하기도 할 것 같다

늘 제자리에서 묵묵히 일하는데
맨날 울며 짜며
자기 화풀이로 나를 차고

못 본 척
안 들은 척
어릿광대로 사는 것은 좋지만
때로는 기가 막혀도
포근히 품어줘야겠다

벗에게

멀리 푸른 바다
봄이 먼저 닿는 곳에서
어서 만나 보자고 연락이 와
반가운 답을 보냈다

망울망울 큰 눈
항상 푸른 바다를 닮은
풋풋한 그대

넓은 배려와 따뜻한 마음
참신한 사고를 가져
늘 본받을 만한 벗

많이 보고 싶다고
술도 먹고
밥도 먹고
그래 어서 만나 보자고

선거판

시장 골목 수선집에 출사표가 던져졌다

기호 1번
없는 것에 대한 불평불만과
남의 뒷담화는 깊이 넣어
항상 열리지 않게 닫고 사는 가방입니다
반면 "할 수 있다"는
칭찬과 격려로 긍정의 희망을 주고,
이웃과 어깨동무하면서
과감하게 가방의 지퍼를 열어 봉사하며
열심히 일하겠습니다

그러자
한다면 하는 기호 2번 후보
세상이 아무리 힘들지라도
불로소득 원하지 않고
갈 곳, 안 갈 곳 분명이 가리며
항상 똑바로 걷는 구두
반짝반짝 빛나는 자치회를 만들겠습니다
믿어 주십시오
오직 우리 자치회를 위해서
굽이 닳도록 일하겠습니다

그러니까 기호 3번
시간은 물론 돈 거래도 칼이며
칼처럼 단호하게 끊고 맺는 후보자
정의 앞에 무뎌진 칼
예리하게 갈아 면도날처럼 일하겠습니다
또 요즘 저희 점포를 찾는 사람이 몇이나 됩니까?
전에 비에 반도 안됩니다
검은 시궁창물이라도 마시겠다고
실의에 빠진 지금
풍요로운 희망을 줄 이 후보자
칼을 갈고 앞서겠습니다

다 믿어서 좋은 것들
입들만 풍성한
선거판이 아닐까 노파심이 드는구나

2004. 5. 7 周

모든 것이 기도

시장 뒷골목길 할머니
콩나물 몇 잎
덤으로 주시는 주름살 많은 손을
애정으로 바라보는 것도 기도이며,

바르르~! 가는 정 아쉬워
갈바람 가지 끝 잎새를 보고
창조의 의미를 느껴보는 것도,

눈 마주친 어느 한 곳에
가는 세월 아쉬워 점 하나 찍고
숨 멈춰버린 시간들을
붙잡고자 하는 것들도 기도이고

댕그랑댕그랑
산사의 추녀 끝 풍경소리를 듣는 것도

후루룩 잔치국수
맛깔나게 목구멍 넘어가는 소리도
삶을 찬미하는 기도이며

제 자리에서 제 각각 사는
모든 것이 기도이다

속도가 아니다

좁은 길을 걷는데
뒤에서 갑자기 큰 경적소리에
허리가 삐끗하고 심장은 덜컥

단 3, 4초만 참아 주면
내가 그 길을 빠져 나갈 수 있었을 텐데
순간을 못 참고
참 조급한 사람

며칠 후 비슷한 길을 걷는데
차가 옆으로 스르르 다가오더니
기사가 깍듯이 고개 숙여 인사하고
조심스럽게 빠져 나간다
참 예절바른 사람

인생은 속도가 아니다
방향이다
조급함에서 벗어나
예절바른 사람이고 싶다

진실과 오해

나이 지긋하신 지인에게
"굿모닝, 안녕하세요?"라고
인사드리니
"국 안 먹었습니다."라고
대답하신다.

잘 못 말한 것인가
잘 못 들은 것인가

내가 말했다고
다 잘한 것은 아니고
내가 들었다고
다 잘 들은 것은 아니다

말할 때 깊은 생각
들을 때는 바른 판단
진실은
내 바깥세상에도 있다

꽃도 사람도 사랑을

꽃과 나무들도 사랑을 먹고 삽니다
새들의 노래에 맞춰
햇볕이 안아 주고
바람이 만져 주고
이슬이 적셔 주고

사람도 사랑을 먹고 삽니다
서로 돕고 나누며
가족들의 기도와
친지들의 응원과
형제들의 격려로 힘을 얻습니다

그래서 꽃은 향기롭고
그래서 사람은 기쁨을 느낍니다

나와 자연

2024. 7. 23/18

84

꽃이 되어

낡은 호수관처럼
딱딱하게 굳어버린 가냘픈 맥박에
푸석거리는 마른기침 같은
냉랭한 겨울아

비켜라 물러서라
얽히고설킨 일들
풀지 못한 아픔들 다 몰아내고
희망의 웃음, 봄 오신다

온몸 감고 도는 바람 속
아 동네 어귀 담장 너머
아장아장 꽃과 함께 오신다

쏟아지는 그대 눈빛에 녹아
나도 꽃이 되어 녹는다
소곤소곤 그대와 함께

눈 마주친 어느 한곳에 점 하나 찍고
숨마저 멈춰 버린 시간 그대는 나를 나는 그대를

민들레

가로수 그루터기 틈새에
둥지를 틀고
노랗게 피어난 그대
강력한 자석처럼
나를 끌어 당겼다

아 예쁘다
오 찬 비바람에 흩날리지 않고
잘 견뎌냈구나

나도 그대처럼
고난 이겨내고
상글상글 피어나고 싶다

사랑도둑

쉿~
봄이 오는 길목
얼음장 뚫고 나오는 용감한 복수초
돌담 너머 목련의 수줍은 꽃망울
떼-창 하듯 피는 산수유

아마 나는
사랑하고 있나 봐
향긋한 그대에 취해
이미 허락도 없이
마음 깊이 담아버렸습니다

그대를 훔친 큰 도둑
맞습니다
유죄 인정합니다
무기수라도 좋습니다
사랑하니까

수양버들

그대 오신다기에
서둘러
마중하러 갔다

물가에 앉아
그대는
치렁치렁 머리 풀고
철딱서니 없는 사람처럼
한가롭게 봄볕만 즐기고 있더라

이미
포로가 된 난
애가 타는데
그대는 속도 모르고
속도 모르고

꽃 터지는 봄에

독립만세 터지듯
꽃 터지는 계절
쾌활한 유채
절제와 즐거운 사랑의 진달래
잎보다 꽃이 먼저 피는 고귀한 목련
순결과 절세미인의 벚꽃
희망의 개나리
행복과 사랑의 불사신 민들레
영원한 애정의 고백 튤립
끝없이 청순한 사랑 산수유 등이
산과 들을 물들인다

꽃들 터지는 봄
함께 하기 위해서
예쁘게 가꾸고
그대 맞으러 나가 봐야겠다

92

그대는 꽃이다

어머나
빼꼼한 육교 난간을 붙잡고
배시시 민들레가 피었네

어쩌다가 천형을 살 듯
걷고 싶어도 걷지 못하고
눕고 싶어도 눕지 못하고

울지 마, 그대는 꽃이다
나도 그대 편
바람도 햇살도 그대 편이야

내 어깨를 내어 줄게 그냥 기대
다 잘 될 거야
힘내

아 봄이라니요

아 반가워요
세상에 봄이라니요

그 아팠던 겨울
오지 않을 줄 알았는데

저 멀리 남쪽
얼음장 밑에서 돌돌돌
소식 올라오더니
연초록 그대
정녕 가까이

그대 맞는 오늘
좋다
마냥 좋다
그냥 좋다

2024. 11. 10.

제비꽃 편지

세상을 뒤엎을 것 같은
천둥 번개 비바람 뒤에도
눈부시게 쏟아지는
놓고 싶지 않은 햇살

듬뿍 가슴에 안고
앙증맞게 핀 그대

어떻게 견디어 냈느냐니
배시시
잘 살고 있단다

예쁘니까
예쁜 만큼
예쁘게

들꽃, 그대처럼

비록 고단한 삶일지라도
비 올 때 젖지 않고
목마를 때 축이며 살고 있는데
더 이상 바라면 지나친 욕심이겠지

파도는 바다의 몫이요
구름은 하늘이 품듯
내 몫 내가 품고

없는 것에 대한 불평보다는
가진 것에 대해 감사하며

강 같은 그리움을 안고
영롱한 이슬 같이
청명한 들꽃, 그대처럼
의연하게 살고 싶다

제자리

울긋불긋 분홍 하양
보라색 꽃이 피어 있는 공원
앙증스레 날고 있는 작은 나비 한 마리
손에 잡아 올려 보려 해도
잡히지 않고 잘 빠져나간다

안 돼요
이러지 마세요
이대로가 좋아요

작은 풀 한 포기
벌레 하나도
다 자기 자리가 있어요

각각
자기 자리에서
자기 존재의 뜻으로 사는 것이
참 멋이랍니다

큰 나무.2

강한 듯 여리고
날카로우면서 부드럽고
냉정하면서도 눈물이 많고

작은 은혜라도
잊지 않고 갚을 줄 알고
헛되이 가는 세월 안타까워
배우기를 게을리 하지 않고

바람을 벗 삼아
시화로 노래하고
하늘을 갈구하며 기도하는 나무

보라
가지에는 새들이 둥지 틀고
그늘에는 어려운 이웃들이
쉬어가는 큰 나무 되리라

비에게 드리는 기도

작대기로 내려치듯
굵은 작달비 소리에 새벽잠에서 깨어
뭇매를 치듯 모다깃비에
우레 치는 우레비 왜 이러시나 했습니다

고운 가루비나 잔비, 실비로 오시지 않고
어둠에서도 빗발이 보이도록 발비로 오시다니요
포슬포슬 싸락비도
가늘게 비끼는 날비도 아니시고
달구로 거세게 짓누르듯 달구비가 웬 말이오
그나마 내리다가 잠시 그친 웃비라 다행이지만
맑은 날에 잠깐 뿌리는 여우비도 좋고
먼지나 잠재울 정도로
조금 내리는 먼지잼비도 좋고
멎었다가 진흙이나 씻어 내리는
개부심비도 좋으련만
센 바람비로 오시니 어찌하란 말인가요

몰래 살짝 내리는 도둑비는 그렇다치고
삼복더위에 우박을 동반한 누리비가 아니라서
천만다행이란 말인가요

보름치비는 아니고 그믐께 내리는
그믐치비도 아닌데
농사짓기에 적합한 꿀비로나 오시든지
필요할 때 알맞게 단비로나 약비로 오소서

모내기철이 아니니 목비는 아니시고
모심기 할 만큼 흡족한 못비도 아니시며
해가 비치면서 내리는 해비는 아니시니
당신의 뜻 알 길 없고
장마의 옛말로 오란비라 한다지만
이것은 아니고
낮잠 자라는 잠비라 하기엔 맘 편하지 않으니
오늘은 땅에 닿기도 전에 증발하도록 마른비나
가을걷이 풍년에 떡 먹으면서
쉴 수 있도록 떡비로 오시든지
농한기에 놀기 좋게 술비로 오시면
서민들은 좋아라고 춤을 출 것입니다

10월이라 해서

10월이라 해서
아침 창문을 여니
찬바람이 몸을 감는다
보송보송 그대의 손때 묻은
긴팔 옷을 꺼내 입어야겠다

10월이라 해서
내려다보니
성급한 나뭇잎들이 떨어져 뒹군다
아 그렇구나 문득
그대와 걷던 오솔길이 생각나는구나

10월이라 해서
귀 기울여보니
조약돌 같이 고운
그대 목소리인가 했더니
갈바람 낙엽소리로구나

10월이라 해서
저녁노을 바라보니
그대 돌아봐도 없고
쳐다봐도 없는 그리움에
눈시울이 촉촉하게 붉어지구나

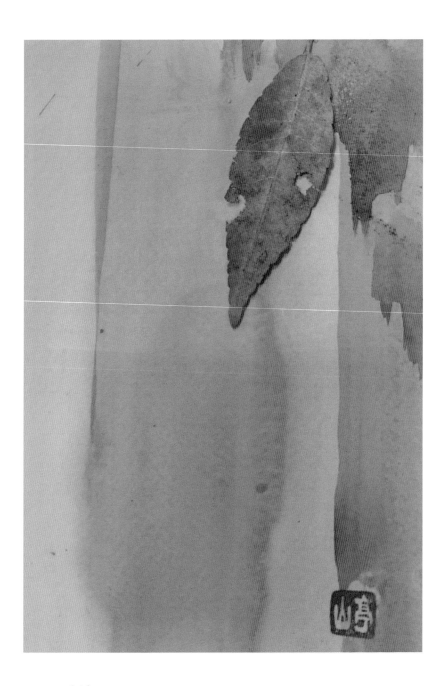

낙엽

잊혀진 줄 알았습니다

잊으려 해서
그런 줄 알았습니다

아직 한 가닥
바르르

비로소
아닌 줄 알았습니다

차마
잊을 수 없는,
잊기에 너무 슬픈
몸짓입니다

눈 발자국

뽀드득
뽀드득

난
좋아라고 밟았는데
넌
아파서 울었구나

꽃을 사랑하듯
별을 헤는 마음으로
그 상처마저
사랑해야겠다

112

눈이 되고 싶다

꿈 많은 사람은 눈을 좋아한다
황량한 도시를 떠나
깊은 산속 나만의 눈이 되고 싶다

더 이상 건널 수 없는 벽에는
솜사탕이 되어 녹아내리고
입술 파랗게 떠는 이에게는
홀홀 옷가지 벗어 주며
따뜻한 이불이 되어 주고 싶다

빵 한 조각이 그리워
가슴까지 무너질 때
모락모락 밥이 되어
다시금 힘차게
길을 걷게 하고 싶다
하얀 이 내놓고
하하 호호
하얀 세상
나만의 눈이 되고 싶다

징검다리의 기도

주여, 내가 알고 있는 세상
가볍게 보아온 타인들의 삶이
서로 각기 다르다는 것을 알게 하소서

얼음장 아래 돌돌돌 흐르는 물에도
아픔이 있다는 것을 깨닫게 하소서

이 쪽 저 쪽, 네 편 내 편
서로 꽁꽁 언 마음일 때
서로 넘나들어 소통으로 통하는
디딤돌이 되게 하소서

그리하여 마침내는
화합의 장을 이루게 하소서

나와 인물

이회영

전 재산 다 팔아 독립운동 하신 선생님께서
독립운동 당시 만주로 가실 때
뱃삯을 치르는데

사공 "무슨 돈을 이렇게 많이...?!"
선생님 "앞으로 조선인들이
         일제를 피하여 많이 올텐데
         그때는 모른 척 하시오"

* * *

오래전 일이 생각난다
식당에 경찰이 왔다
손님이 배고파서 밥을 먹었는데
돈이 없다는 것이다
내가 대납하고 경찰을 돌려보냈다

당시 해장국 5,000원인데
30,000원을 드렸더니
주인이 눈을 크게 뜨고
뭘 이렇게 많으냐고 물었다

"앞으로
 배고픈 사람 오면
 그냥 모르 척 하세요" 라면서

＊＊＊

사랑은 때로는 모른 척 하는 것
사랑은 보상을 바라지 않는 것

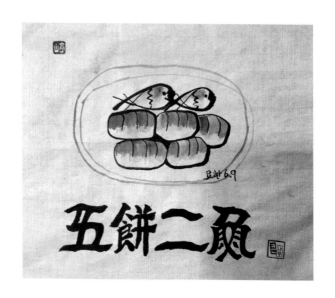

최치원

신라의 관리가 되어
나랏일을 하고 싶었지만
신분의 한계를 깨닫고
어린 나이에 당나라로 유학을 떠난
최치원

신라의 골품제도는
태어나서 부터
죽은 후에까지 넘을 수 없는
관복색. 관직의 등급. 사는 집의 크기.
소유할 수 있는 말의 수까지 정해진
제도의 폐단에 맞선 최치원

＊＊＊

인생이란 항해는
누구나 크고 작은 풍랑을 만나는데
거센 나의 풍랑도 결코 만만치 않았다

많은 벗들이
나에게 큰 용기를 주기도 한다
당당하게 주저하지 말라고 응원을 줬다

그렇다
때론 나는
시기, 질투, 모함도 받았지만
두려워 말라
최치원이 이런 벽,
신분제도를 뛰어 넘고자
오직 공부에 전념한 이유다
나도 그렇다
공부
남과 같이 해서는
남보다 못 산다 그저 열심 열심
하느님이 숨겨주신
선물을 찾을 때까지
열심

임꺽정전

관군에게 쫓겨 몹시 허기질 때 마침내 주막을 찾았다

꺽정 : 우선 목마르니 마실 것 좀 내오시오
주모 : 마실 것 없습니다
꺽정 : 그럼 닭이라도 잡아 오시오
주모 : 닭이 없습니다
꺽정 : 그럼 아무 거라도 주시오
주모 : 아무 것도 없습니다
꺽정 : 왜 없우?
주모 : 장사가 안 되니까 없습니다
꺽정 : 장사가 안 되니까 없는 것이 아니라
　　　　없으니까 장사가 안 되는 것이오

맑은 햇살에 널어놓은 국수가
소문 난 국숫집의 준비된 간판이듯
내 사무실은 손과 발로 엮은 친절이 간판이다

나는 책을 읽으며 간판을 달았다
내 간판은 내일을 준비하는 지금의 나다

'깨어 있어라.
너희가 그날과 그 시간을 모르기 때문이다' (마태25,13)
열 처녀의 비유가 깊이 생각난다

122

허생전

허생의 아내가
한평생 과거도 안 보면서
어쩌자고 글만 읽는단 말이요?
하고 묻자

허생 : 내 아직 글이 서툴러서 그렇다오
아내 : 그렇다면 공장노릇도 못 한단 말이요?
허생 : 공장 일을 배우지 못했으니 어쩌오
아내 : 그럼 장사라도 해야지요
허생 : 밑천이 없으니 어쩌오
아내 : 그렇다면 나물이라도 캐 와야죠
허생 : 호미질도 안 해봤는데 어쩌오
아내 : 주야로 글만 읽더니 '어쩌오'만 아시는구려

하고자 하면 방법이 생기고
하기 싫으면 핑계만 생긴다

공부란 실천이다

앤드류 카네기

아 가난아~!
학교라곤 고작 4년뿐
카네기가 어느 노인의 집에서
강렬하게 눈길을 끄는
초라한 '나룻배' 그림을 보게 된다

The high tide will come
On that day,
I will go out to the sea.
반드시 밀물은 온다
바로 그날 나는
바다로 나갈 것이다.

지금 썰물 같이 황량하다 해도
밀물을 기다리며 노를 수선하고
포기하지 않고
버티는 자가 이기는 자

밤이 있으면
낮이 있는 것처럼
누구든지 좋은 기회는 있다

기다림은 경건한 기도요
자기 역사라며

집에서 신발이 없다고 투덜거렸는데
거리에서 다리가 없는 사람을 보고
부족한 것의 불만에서
가진 것에 대해 감사했다는 그가
많이 존경스럽다

에이브라함 링컨

공부하면서 때를 기다리면
언젠가는 크게 이루리란 꿈

위 캔 두 잇 (We can do it)

열심히 공부 했지만
그렇다고 그는 무작정 공부하지는 않았다
시의적절하게
쉬면서 일하고
기도하고 봉사하면서 공부했다

그는 나무 한 그루를 베는데
하루 80%는 도끼를 가는데 이용하고
실재 일은 20%만 했다고 한다
'가로등 밑 들깨는
여물지 않고 쭉정이가 된다'는 말이 있다
낮엔 햇빛
밤에 가로등 불빛에
쉬지 못했기 때문이다

항상 밝기만 하다고 좋은 것은 아니다
쉬엄쉬엄 꾸준히
창문을 열어라. 햇볕이 들 것이다

미셸 오바마

"진보적 미국과 보수적 미국이란 없습니다
오직 미합중국이 있을 뿐입니다." 라는
위대한 명언을 남긴
남편 버락 오바마의 아내 미셸 오바마

그래라 그래
머저리와 싸우는 사람은 머저리요
개와 싸우면 개와 비슷한 사람이니
겨울 밤 달 쳐다보고 혼자 짖으라
완전 무시하고

미셸 오바마의
"그들이 저급할 때 우리는 품격 있게 간다"
(When they go low we go high.)

품위 있는 품격이란
나보다 못한 사람들에게도
그냥 무조건
나를 낮추고
내가 먼저 손 내밀어 잡아주는 것

헬렌 켈러

보지도 못하고
듣지도 못하고
말하지도 못한 그녀의 삶은 경이롭다

맹인으로 태어나는 일보다
더 비극적인 것은
눈으로는 보면서도 할 일 못 찾는
비전 없는 사람이다

"모든 것을 할 수는 없지만
무엇인가 할 수 있다
그러므로
내가 할 수 있는 모든 것을 기꺼이 하겠다"

희망은 보이지 않는 것을 보고
만질 수 없는 것을 느끼며
불가능한 것을 이룬다

눈, 마음, 정신, 영혼의 남다른 사고로
매 순간이 행복했다고
인생을 풍성하게 살으신,

당신을 알고부터
어영부영
하루살이가 아닌

잔잔한 일상이 최상의 행복
다시 뭔가 할 수 있다는
새 힘을 얻는다

마윈

대학입학시험
수학에서 1점을 받아 뒤에서 1등 기록
동양의 나폴레옹,
중국 인터넷의 아버지라고 칭송 받는 마윈

'사랑이여,
그대를 위해서라면, 내 목숨마저 바치리
하지만 사랑이여, 자유를 위해서라면
내 그대마저 바치리'라는
페퇴피 산도르의 시처럼 자유를 사랑한 마윈

남이 나를
어떻게 보는가는 신경 쓰지 않는다
중요한 것은 내가
어떻게 세상을 바라보느냐? 하는 것이라는 마윈

오늘 힘들고
내일은 더 힘들겠지만
모레는 아름다울 것이다 라고 한 마윈

내가 어떻게 살아남을 수 있었을까?
첫째, 나는 가진 돈이 없었다
둘째, 나는 인터넷의 〈인〉자도 몰랐다
셋째, 나는 바보처럼 생각했다고 한 마윈

나는 미쳤다
그러나 절대 어리석지 않아
오직 희망과 열정으로 살았다는 마윈

오, 임이시여 사랑합니다

징키스칸

보라
위대한 인간 승리자

집안이 나쁘다고 탓하지 않고
아홉 살 때 아버지를 잃고
마을에서 쫓겨나
들쥐를 잡아먹으며 연명한
인내의 테무친

목에 칼을 쓰고도 막막하다고
포기하지 않고 용감하게 탈출한
기회를 아는 테무친

배운 게 없어
이름도 쓸 줄 몰랐으나
남의 말에 귀 기울이면서
현명해지는 법을 배운
지혜로운 테무친

적은 밖에 있는 것이 아니라
자기 안에 있다고 자기를 극복하여

모든 '부족의 통치자'
'전 세계의 군주'라며
'징키스칸'이라 불린 테무친

나를 다스리면
다른 사람을 다스릴 수 있다는 것을
겸손하게 배웁니다

스티브 잡스

한 끼니 위해 10Km 걸어 예배
빈병 팔아 입학한 대학 6개월 중퇴한 것이
인생 최고의 결정이라네

자기 창업 애플에서 쫓겨나
삶이란
'때로는 벽돌로 머리를 맞는 것'이라네

늘 배고픈 채로
좀 어리석은 채로
결코 신념을 버리지 말라고 하신
임이시여,
다시 여쭤보겠습니다

벽돌로 맞을 때 어찌해야 합니까?
늘 배고프면 어찌해야 합니까?
그래도 "신념 버리지 말라"고 하시겠지요

| 맺는 말 |

뜨겁게 응원의 박수를 보내준 사랑하는 아내와
든든한 아들들과 예쁜 천사 며느리들
〈놓고 싶지 않은 햇살〉 작명 도움 주신 김태리님
불꽃을 품은 사람이라며 큰 선물을 주신 최향란님
종종 건강식품과 기도를 해주신 목동 김민지님
후원금과 해산물로 응원해주신 목포 남상윤님
토마토 과일을 보내주신 기도단장 신영규님
후원금과 응원을 해 주시는 서초효녀 조미현님
따뜻한 온기의 숨은 후원자 김정옥님
최고의 댓글로 지치지 않게 해주신 김명례님
살진 기도문으로 힘을 주시는 야탑 권옥순님
퇴고를 도와주신 한국작가 김연옥님
불경을 접하게 해주신 양명숙님. 든든한 뒷배경
김선범 세무사님 외 전재현 김종군 성필남 정영철
차승희 최재희 박덕규 김혜란 김태석 조태수 우미경
김종균 정두철 손영식 정복수 이수빈님 등
많은 분들 덕에 성남 하대원동 새봄재가복지센타
유형순 대표의 작명처럼,
가난도 못 배움도 탓하지 않은
정.키.스.칸.이 되었습니다. (감사합니다)